七月、と天使は言った　てのひらをピースサインで軽くたたいて

117　　97　　77　　59　　41　　23　　5

7/1 Thu
7/2 Fri
7/3 Sat
7/4 Sun
7/5 Mon
7/6 Tue
7/7 Wed

木下龍也

岡野大嗣

写真　森栄喜
装丁　大島依提亜

7/1

Thu

雨、蜘蛛は乾いたままの橋の裏側をゆっくり渡っていった

行き先に対し垂直方向を向いて僕らが待つのは電車

駅名が微妙に変わりそのことに車掌が慣れるまでの2ヶ月

死ねとつぶやいた翌日エアリプのように置かれる隣町の死

ちょうど自慰しているように見えるこの位置からの運転手の右手

傘と傘すれちがうとき気の弱いほうが車道にはみ出している

神父、マイクチェックでなんて言ったと思う　てやんでい　ふふ　てやんでい

ぼくだけに聴こえる声がぼくを殺人者に変えて聴こえなくなる

体育館の窓が切り取る青空は外で見るより夏だったこと

担当の〈担〉に任命の〈任〉でタンニンと読みます　お見知りおきを

フリスクがミンティアの2倍することに喩えて命の話をしよう

人肉と人工肉の違いってたった三画だけなんですね

下敷きを敷かずにできた筆跡の溝に時間の妖精がいた

弁当の底にぼんやりうつってる油まみれのぼくのたましい

牛乳の束を飲み込む口の端からひとすじのエラーを見せる

電波ひろえないラジオになりきれば午後の授業はきれいなノイズ

消しゴムにきみの名を書く（ミニチュアの墓石のようだ）ぼくの名も書く

傘の下だけがクリアだ　放課後の無数の靴を追い抜いてゆく

置いてかれたんじゃなく好きで残ってる好きで残って見てるあめんぼ

口だけの生物になり石段の途中で飲み尽くすスプライト

雨がやむのを待っていたはずなのが帰りたくなかっただけだった

公園でたまに見かけるおじさんよ昨日の夢で殺してごめん

カラーボックス抱えて帰る射精後のカルマのような夕闇の中

わずかだけ期待がよぎる金魚鉢のぞくとき共食いのシーンの

ベランダで翼を癒やす七月の風を六畳間に入れてやる

やすっぽいチーズケーキを食べながら途中から観る深夜のシネマ

洗濯機よぼくのこどもを孕めって夢精したパンツを放り込む

一人っ子に二段ベッドをあてがって下では母さんが寝ています

邦題になるとき消えたTHEのような何かがぼくの日々に足りない

7/2

Fri

土砂降りを母のフリルの傘でゆく　なくせるものをなくしきりたい

内側がどちら側かは御自身の判断の上お待ちください

ボストンバッグでボストンバッグを殴るそれが僕らのおはようの所作

まだ味があるのにガムを吐かされてくちびるを奪われた風の日

貧血に倒れるきみの長髪が少し遅れて背に着地する

〈魅〉〈咲〉〈輝〉の字が大きくあしらわれていてそういう顔の並ぶポスター

カーストの中の上らのぞろぞろが渡り廊下で中の下殴る

この夏を正しい水で満たされるプールの底を雨は打てない

なんつうかまああれだなあ信長はよくあと三十年も生きたな

卓上の『カラマーゾフの兄弟』を試し読みして去ってゆく風

図書室の上半身がふと下半身を生やしてトイレへ向かう

いつの日もぼくのラッキーナンバーはおまえの電話番号なのだ

夏服に透けるホックを念力で外す訓練中の童貞

ぼくひとりには広すぎる教室を風の休憩所としてひらく

台風が倉庫の窓を殴るのをマットの耳は歌と思った

進路調査票は風に添付して海に送信しておきました

さてここで何を叫べばマンションのすべての窓がひらくでしょうか

プロフィールに書きたいことがなにもないことを書きたいことを書きたい

山頂の墓　車椅子使用者は花を麓に置き手を合わす

ヘアカラー棚の毛髪サンプルを抜き集めてる　外は雷雨

ぼくはまたひかりのほうへ走りだすあのかみなりに当たりたくって

老犬を抱えて帰るいつか思い出す重さになると思いながら

ボス戦の直前にあるセーブ部屋みたいなファミマだけど寄ってく？
KEEP OUTのロープを鳩がくぐるのをなすすべもなく無視するポリス

長いね、と睫毛にふれてくる指の影が瞼のむこうで動く

おまえとはできないことをしたくなるおまえの部屋でだらけていると

四畳にレジャーシートを敷きつめて簡易な海ですこしだけ泣く

モラルから夜から簡易ベッドから落ちかけながら交わっている

トローチに刻まれている文字列を舌先で読みながらおやすみ

折り入って何か話があるような顔で夜ごとの母のおやすみ

7/3

Sat

ねむってるあいだのぼくを借りていた天使がぼくを返し忘れる

詩集から顔を上げれば息継ぎのようにぼくらの生活がある

きみがまだ生きていたならきみが蹴る空き缶だろう　昨日もあった

風になるまえに教えてくれないか風になったらどこを吹くのか

スケートのリンクでカップヌードルを食べたいあわよくばこぼしたい

海岸に乗り捨てられた幼稚園バスの車窓にびっしりとパー

てのひらにてんとう虫を踊らせてきみが八重歯の見せ場をつくる

砂浜でピアノを弾いてあげるからきみの身体を洗わずにくれ

チューペットを折るように折る砂時計のたぶん時間が死ぬ音だった

青い春、けれど盗んだ十字架に何を祈ればいいのだろうか

小銭しかないポケットに手を入れて機体の腹に突き刺す視線

トンネルの壁に続いた落書きがふいに途切れてここから不安

ガチなバタフライできみが沖へゆくロマンチックを置き去りにして

雨粒を舌先に受けゆっくりとイルカは喉の渇きを学ぶ

夕映えのペットボトルのサイダーをあなたの喉がぶつ切りにする

カラフルな花火がぼくの空洞を打つからきみに入りたくなる

ぬめぬめのこれは鼻血か鼻水か次の花火で確認しよう

おじさんが手首を切って垂らす血のひとつひとつが金魚になった

店員は停電中の吉野家でごはんに肉を被せ続ける

自転車と去るとき気付く自転車のない駐輪場のうつくしさ

追うべきはボールではなく夕暮れの小さな背中だったんだろう

美しく腐らせるため裏庭の仔猫の腹にブラシをかける

心電図の波の終わりにぼくが見る海がきれいでありますように
この世から発つ時間だけ教えられ日々がこわくてたまらなくなる

隣人がドリルを使う音がする夜、念のため壁を見つめる

開いたら二度と閉じない扉だと知っていながら錠剤を噛む

月の裏側には故意に砕かれた地球儀が無数に落ちている

目をそらし話をそらしファミレスのこのひとときを弱火で生きる

7/4

Sun

起き抜けのカーテン越しの夕焼けにぎりぎり今日を拾ってしまう

いま鳴った自分の喉の音が変でもういちど聴きたいのに鳴らせない

ゴルフ中継の小声がリビングに満ちるとき死後めいてくる午後

ビーサンで国道沿いをゆく僕におまわりさんが対話を望む

目のまえを過ぎゆく人のそれぞれに続きがあることのおそろしさ

誰を待つ感じでもないミニバンの Baby in Car の中が見えない

雑踏でイヤフォン抜けてしばらくの耳限定の幽体離脱
加速する電車の音は４速で窓の景色になじみ始める

担任を街で見かけて担任にしては攻めてるシャツを着ていた

祖母じゃない老婆が屈みこんでいて毛髪じゃない草を抜いてる

運賃の小銭を用意する音に満ちて右手に見えてきた海

グラフィティまみれの壁に預言者の言葉の如くＦＵＣＫはありき

瓶ラムネ割って密かに手に入れた夏のすべてをつかさどる玉

持ち主のよくわからない絶望はさわらずに海へお叫びください

運転手さん次の信号お茶碗を持ちたいほうの手のほうへ曲がって

塾だけがまぶしい道で星の見えなさを見たくて見上げる夜空

コンビニの窓から道へ垂れている光の涎を猫がぬぐった

百円の傘の真下の耳奥で線香花火咲いている夜

帰る場所は買える　父さんは買いました　プライスレスな何かのために

マッチ棒を並べてつくった〈父〉の字は焦げ終わっても〈父〉をしていた

祖父がゴムプロペラ飛ばす真夜中に時間は進まずにねじれてく

あなたへのおすすめにずらりとならぶ動画はエロであなたは父で

僕たちはカラーボックス・ベイビーズ四畳一間を自慰で満たして

明け方に製氷皿をねじったら古びた夜のひび割れる音

チョロQをねじ切れるまで引く癖はなおらないけどもう殺さない

肉と皮しこたま着込んで心臓は布団の中でじっとしている

あと10分です、のコールはこの世から退室するときも鳴ってくれ

どこからかヒューマンビートボックスが聞こえて父の寝息であった

7/7

wEd

ね　え見て　よ　この　赤　今後　見せ　られる　ことな　いっすよこの量の　赤

逃げながら夢とわかった足元のNike　のスウッシュ反転してて

夜という魔法が終わり肉抜きをされたみたいに見える鉄塔

ねむそうなブルーベリーに蛇口からほそく垂らした光をあてる

ねむいのにうまくあくびがでないとき体の中に棲んでいる夏

至急癒しが必要になりデジカメの操作音を小鳥のさえずりに

わりばしでアイスコーヒーかきまぜて映画になれば省かれるくだり

未知／既知を隔てる紙の名でもある猫の名を呼ぶ　シオリ、シオリ、と

容疑者が連行されるタラップを降りてくるビートルズみたいに
しあわせになりたくないと書きましょう願ったことは叶わないから

文字化けとかあるとあれなんで遺書はＰＤＦで保存してます

串カツになってソースに沈められきみの奥歯で何度でも死ぬ

3時間待ちの最後尾の僕が3時間後に失う何か

品質を保持するために手作業で取り除かれる笑顔の煮干し

フリスクに付いてきちゃったおしぼりで殺さなくてもいい虫を摘む

遺伝子組み換えでない木の実ならアダムとイブが食べ尽くしたよ

炙りハラスはパスしてイクラ軍艦を待てとお告げがあり待っている

闇と闇の隙間にシャリを差し出せばぺなりと乗っけられるサーモン

なにかものすごい決意をしたように両手をジェットタオルから抜く

親父にもぶたれたことないやあった蹴られもしたし投げられもした

横顔が判る位置まで来て見たがまだ別人の線も残った

刃がぼくの皮膚を貫く間際まで世界に向けている半笑い

それが愛だとわかったらとまどうな堂々と受け取ればいいのだ

ひとりがけソファは懺悔する人で埋まっていますますカウンターへどうぞ

両肩に重い陽射しを受けながら陰に入れば重くなる足

レジ横に通路は伸びて突き当たり右手のほうへ消えるスタッフ

川沿いを丸刈りでゆくあいつらは上手い勝ちかたなんて知らない

Googleに聞いてもヒット0だったからまだ神にしかバレてない

ドローンのプロペラが裂く雨粒の悲鳴に耳をふさぐバス停

向き合わないように置かれた腰掛けに僕ら花びらみたいに座る

濡れていてもうこれ以上濡らせないチラシを雨は叩き続ける

おめでとうございます！　インストールに成功しました！　赤飯を炊く

目が合っているような気がする月を月の言葉で威嚇している

自身の公式ブログを更新した僕はタイトルを「やりました！」と題し

7/5

Mon

玄関の覗き穴から差してくる光のように生まれたはずだ

青いビニールテープで絞められた夢の首の感触わるくなかった

痩せてゆくダム　iPhoneは雨雲もあなたも来ないことを知らせる

知ってる場所で解体工事が始まってて建ってたものを思い出せない

ポテトチップスの袋の内側の銀きらめいて夏のどぶ川

交叉路でGPSのぼくが死ぬぼくと若干ずれたばかりに

近づいて来ているように見えていた人が離れていく人だった

パーキングエリアの隅で猫は死に猫の世界のぼくを殺した

頼りない夏のからだのお守りにずっとなめてるうめぼしのたね

スクロールすればするほど関心の薄れるメールのような教師

手前と奥で流れが逆で奥へ行くために手前にいったん混じる

スムーズに死にたいんなら笑ってろ泣くとだれかに引き止められる

そういったデザインの服じゃないのか出てはいけない汁だったのか

ぼくを着てぼくのクラスを訪れてぼくの代わりに教師を殴れ

平日のイオンモールをきみとゆく嫌いな奴の名を言い合って

生きるのに理由は要らなくはなくて冷感生地のサンプル撫でる

首の無いマネキンが着ていたシャツを買う僕　首を手に入れたシャツ

繰り上げ算キメてお釣りは50円玉きっかりで今日イチのhigh

シャチハタの回転棚に探すとき許せなくなる自分の名字

親が死ぬより先に死ぬより先に孫の顔とか見せなきゃだよね

どんな死に方がいちばん楽だろう百円ショップの売り場に探す

冷えた印刷をうれしくにおうとき本屋に夏の入り口はある

夏風邪のマスクの紐でちりちりのもみあげほぐしながら立ち読み

ダイソーがザ・ダイソーであることの肉眼でもろ見えるかなしみ

本日はミサイルが２分ほど遅れました、お詫び申し上げます。

ひやごはんのラップを剥がす　だとしてもここがやられることはないから

目ん玉を画鋲にされた候補者が画鋲で見据える日本の未来

愛（業務用）をください。愛（家庭用）はだれかにあげてください。

あけてみて、ってはにかんで言われたら野蛮にやぶくべき包装紙

ぼくであることに失敗したぼくを（だれ？なに？だれ？）が動かしている

いま死ぬかいずれ死ぬかの違いだとその他二億の精子は言った

ひとつかみ百円でいいだれかだれか心の穴に手を入れてくれ

わざわいへつながるドアは閉じていてけれど施錠はされてない、ほら

手放しで漕ぐチャリをダンプにすれすれでかわされてこの馬鹿野郎轢き殺したくねえのか

7/6

Tue

閉じた目にきみが勝手に住んでいて夏のねむりをずたずたにする

原型をとどめて蜂が浮いている水　夢にまで塩素は匂う

こんばんは昨日のぼくの握力のまま冷えているトマトケチャップ

うかびあがる容疑者像の輪郭をなぞれば、なんだ、僕そっくりだ

昨日のような今日だけど商店の週刊誌だけ新しくなる

メガネ以外母によく似た人がいてよく見たらメガネ以外母だった

すれちがう女がなぜか泣いていていてしばらく行くといる　なぜならば

こいつ殴られながら目を見開いて遺書の字数を稼いでやがる

シリカゲルたべられません　SILICA GEL DON'T EAT　を舌で再読

症状を記すペン先　そのペンを掴む指先　支点は手首

誰のことも疑いたくない担任に招かれるまま教頭室へ

壁いちめんラッセンの応接室のアクアクララの静かな水面

本当に言いたいことがひとつだけあるような気があると思います

昼下がりの床をあかるくころがって空き缶の鳴るねむたい電車

未来が僕を問いつめる警察のシャツの色した空の真下で

白組のスパイのきみが颯爽とゴール手前でバトンを落とす

いくつもの案内音がこだまするコンコースで神のお告げを叫ぶ

（ぼく／きみ）のからだはきっと（きみ／ぼく）に（ふれ／ふれられ）るためだけにある

銀行の冷水器からウォーターがおしゃれなシュートの軌道のように
キスまでの途方もなさに目を閉じてあなたのはじめましてを聞いた

道ばたにみつをみたいな詩集売るおじさんがいて血を吐いている

夕刻のイオンモールの屋上から見たくて見てるニトリの屋上

カラス来てあの鉄塔で黄昏れる場合以外は死角の茂み

自販機で何か一匹出てきました持ち帰ったら犯罪ですか

ザッピングしながらずっと火曜日の浅瀬に足を浸していたい

かなしみへ容赦なく降るフラッシュに「ご注意ください」とテロップは

泣きたがる顧客のために新鮮な不幸を買いにゆくテレビ局

神は僕たちが生まれて死ぬまでをニコニコ動画みたいに観てる

マンションが階数ごとに持つ夜のすべてを知っている管理人

うつむいて何も言わない母さんに殴られたくて遺影を殴る

秒針の後ろでずっと鳴っている神が引き摺るサンダルの音

ＭＳゴシックで打ち込んだ遺書を校正するタオルケットのタグ撫でながら

倒れないようにケーキを持ち運ぶとき人間はわずかに天使

木下龍也（きのした・たつや）
一九八八年一月十二日、山口県生まれ。歌人。二〇一三年に第一歌集『つむじ風、ここにあります』を、二〇一六年に第二歌集『きみを嫌いな奴はクズだよ』を出版。同じ池に二度落ちたことがある。

岡野大嗣（おかの・だいじ）
一九八〇年一月一日、大阪府生まれ。歌人。二〇一四年に第一歌集『サイレンと犀』を、二〇一九年に第二歌集『たやすみなさい』を出版。反転フラップ式案内表示機と航空障害灯をこよなく愛する。

玄関の覗き穴から差してくる光のように生まれたはずだ

初版第一刷発行 2018年 1 月 7 日
第二刷発行 2018年 1 月26日
第三刷発行 2018年 2 月14日
第四刷発行 2019年 7 月 6 日
第五刷発行 2020年10月20日
第六刷発行 2021年 4 月27日
第七刷発行 2021年12月 2 日
第八刷発行 2022年 6 月30日
第九刷発行 2023年 3 月31日
第十刷発行 2024年 1 月 7 日

著者 木下龍也 岡野大嗣

発行人 村井光男
発行所 株式会社ナナロク社
〒142-0064 東京都品川区旗の台4-6-27
電話 03-5749-4976 FAX 03-5749-4977
URL http://www.nanarokusha.com

印刷・製本 中央精版印刷株式会社

ISBN978-4-904292-77-8 C0092